AF383893

# DISCOURS

## PRONONCEZ

## DANS L'ACADÉMIE

## FRANÇOISE

Le Jeudy 30. Juin MDCCXXIX.

*A LA RÉCEPTION*

DE M. L'ABBÉ SALLIER.

A PARIS,

De l'Imprimerie de JEAN-BAPTISTE COIGNARD Fils,
Imprimeur du Roy, & de l'Académie Françoise.

MDCCXXIX.

*AVEC PRIVILEGE DE SA MAJESTE.*

*Monfieur l'Abbé* SALLIER *, Garde de la Biblio-*
*théque du Roy, ayant efté élû par Meffieurs*
*de l'Académie Françoife, à la place de feu M.*
DE LA LOUBERE *, y prit féance le Jeudy*
*30. Juin 1729. & prononça le Difcours qui*
*fuit.*

# MESSIEURS,

J'avois borné mes vœux & mes efpéran-
ces à jouir d'une tranquille obfcurité, lorf-
que vous daignâtes la premiére fois jetter fur
moy quelques - uns de ces regards, qui fuf-
fifent pour illuftrer la vie d'un homme de
Lettres.

A ij

Que ne puis-je vous décrire l'impreſſion qu'ils firent ſur mon ame ? J'y ſentis naiſtre tout à coup des inquiétudes, des deſirs, & mille autres mouvements, qui me découvrirent bientoſt à moy-meſme une ambition démeſurée de m'élever juſqu'à vous : je fis de vains efforts pour la combattre, il fallut luy céder ; & l'amour propre d'autant plus hardi à former des projets, qu'il eſt plus ingénieux à les juſtifier, me perſuada que je pouvois me préſenter à vous, ſous un point de vûë capable de ſuppléer tous les tîtres qui déterminent ordinairement vos ſuffrages.

Déja membre d'une Académie qui vous doit ſon origine, & dont le ſoin eſt de conſacrer ſur le Marbre & ſur le Bronze le ſouvenir des grandes Actions, que votre éloquence rend également immortelles, je croyois m'approcher de vous en terminant ſouvent mes recherches ſur les plus fameux Ouvrages de l'Antiquité, par des comparaiſons avantageuſes à ceux qui ſortent de vos mains.

Mon eſpoir ſe fondoit encore ſur l'honneur que j'ay de veiller à la conſervation & à l'accroiſſement du plus important dépoſt de toute la Littérature.

La Bibliothéque du Roy, dont vos écrits

font aujourd'huy un des principaux orne-
ments, demande en ceux qui ont part à son
adminiſtration, une intelligence & des lumiéres, qu'on ne peut acquérir, ou perfectionner, que par un commerce intime avec
vous; en avoir un beſoin ſi eſſentiel, & le
ſentir, c'eſt en quelque façon les mériter.

Auſſi, Messieurs, depuis que LOUIS
LE GRAND devenu voſtre Protecteur a donné une forme ſtable à ce magnifique eſtabliſ-
ſement, nous avons vû, ou que vous avez M. l'Abbé<br>de Louvois.
relevé par l'éclat de voſtre choix la dignité
de ceux qu'il avoit nommez les Dépoſitaires
en chef de ces Thréſors, ou qu'ils ont eſté M. l'Abbé<br>Bignon.
choiſis parmi vous; & perſuadez que ceux
qui comme moy devoient les ſeconder, devoient auſſi avoir part à vos inſtructions,
vous n'avez pas héſité à les leur accorder. M. Boivin.

Et comment pourriez-vous en effet ne pas
marquer une eſtime ſinguliére, pour tout ce
qui a quelque rapport à ces recueils de l'é-
rudition la plus variée? Vous en connoiſſez
parfaitement le véritable uſage, vous qui ſçavez, Messieurs, que cet objet a flatté
ſouvent l'ambition meſme des plus grands
Monarques. Vous ſçavez qu'il s'en eſt trouvé,
qui ont mis au rang de leurs plus précieuſes
conqueſtes l'acquiſition de quelques Ouvrages

A iij

célébres ; que les mefmes deffeins, qui ten-
doient à foûmettre des Peuples ennemis, ont
quelquefois fervi à pofer les fondements des
plus amples Bibliothéques ; que les Nations,
qui fe font fait honneur de favorifer les talents , dans les jours de triomphe ont porté
au mefme Temple & les dépouilles militaires,
& les Thréfors des Sciences, & qu'on a vû
des Héros confacrer dans le fein même des
Mufes les Lauriers dont la Victoire les avoit
couronnez. Mais pourquoy vous rappeller des
exemples de l'Hiftoire ancienne , à vous ,
Messieurs, qui avez appris par celle de
voftre Fondateur, de quelle conféquence il eft
de joindre ainfi les richeffes de la Science
à la force du génie, & à la fupériorité des
Places.

Le Cardinal de Richelieu prefque auffi
célébre par le nombre & la folidité de fes
écrits, que par les prodiges de fon Miniftére,
avoit conçu de bonne heure le deffein de
former une riche & fomptueufe Bibliothéque, & il le fuivit dans fes plus beaux jours,
avec la mefme attention qu'il donnoit à la
fplendeur de cet Empire. C'eft là, qu'il avoit
puifé fes premiéres connoiffances ; c'eft là ,
qu'il cherchoit le plus sûr délaffement de fes
travaux, & qu'il trouva enfin la fource d'u-

ne nouvelle gloire ; car c'eſt là ſans doute
qu'il apprit à vous chérir , qu'il s'accoûtuma
à vous regarder comme autant de Bibliothéques vivantes , & qu'il ſouhaita de vous réü-
nir comme un nouveau Corps d'Autheurs de
tout genre , dignes d'eſtre aſſociez meſme en
naiſſant à ceux de l'Antiquité , dont il raſſem-
bloit ſi curieuſement les débris. La mort meſme ne l'a pas ſéparé de cette Bibliothéque ,
l'objet de ſes délices ; conſervée dans le lieu
où repoſent ſes Cendres , elle ſera pour ſa
gloire un monument auſſi durable , que le ſu-
perbe Mauſolée que l'art lui a élevé.

La Bibliothéque de Sorbonne.

Le Chancelier Séguier , qui dans le mo-
ment fatal où vous perdites le Cardinal de
Richelieu , s'empreſſa d'eſſuyer vos larmes ,
partageoit depuis trop long-temps avec luy le
gouſt des Livres & le diſcernement des eſ-
prits , pour ne pas ſuccéder à toute ſa ten-
dreſſe pour vous. Peut-eſtre fut-il le premier
qui dans une condition privée , oſa pour ſa-
tisfaire ce gouſt vif & délicat , tenter des
voyes réſervées , ce ſemble , aux Souverains.
Il envoya des Sçavants , il fit chercher juſ-
ques dans le fond de l'Aſie les Manuſcrits
échappez à la fureur ou à l'ignorance des
Barbares ; & le ſanctuaire de la Juſtice , qu'il
avoit orné des plus riches dépouilles de l'O-

rient , fut pendant trente ans l'afyle de l'A-
cadémie Françoife. Vous les poffedez encore
dans le fuccesseur de Séguier, ces riches dépouilles, & il les communique avec une no-
blesse digne de luy, de Vous & des Mufes.

C'est dans le fein de cette Bibliothéque,
c'est à la vûe des modéles de l'Antiquité que
vous rendites vos premiers Oracles, ils furent en quelque forte les tefmoins de vos
progrès , & vous pûtes dès-lors concevoir
l'efpérance de les furpaffer. Déja le temps ap-
prochoit où la protection de LOUIS LE
GRAND devoit vous infpirer une nouvelle vigueur , & vous rendre de dignes ri-
vaux des Démofthénes & des Cicerons. Ce
Prince né pour donner aux François la fupériorité par les armes, & par les talents, toujours conduit par une intelligence victorieu-
fe des obftacles , voulut que cette Capitale
devinft une autre Athénes, une feconde Rome; que dépofitaire des Ouvrages qui avoient
donné tant d'éclat aux fiécles d'Alexandre,
& d'Augufte, elle fuft l'Ecole & la Mére des
Poëtes, des Orateurs , des Hiftoriens, des
Philofophes , & que nous n'euffions rien à
envier aux Nations autrefois les plus diftin-
guées par la gloire de l'efprit. Il voulut que
les talents, quelque différents qu'ils puiffent

eftre

eſtre , trouvaſſent tous les ſecours dont ils avoient beſoin pour s'eſtendre , & pour ſe perfectionner. Il ouvrit une immenſe Bibliothéque, monument éternel de ſa magnificence, où ſe rencontre avec une forte de profuſion ce que tous les ſiécles, tous les pays, ont produit de plus beau & de plus parfait.

Loin donc d'avoir à nous plaindre de la préference, que l'on croit communément que la nature a donnée à ces climats heureux qui ont porté les grands Hommes de la Gréce & de l'Italie, ne ſemble-t-il pas, que leurs Ouvrages ayent eſté faits pour nous , qu'ils ne les ayent multipliez en ſi grand nombre , que pour enrichir un jour la France, & la rendre le centre de la politeſſe & de l'érudition ? A voir le prodigieux amas de ces Ouvrages , ne croiroit-on pas que s'ils ont péri pour les Grecs , c'eſtoit pour renaiſtre & ſe reproduire parmi nous ? Telle fut la juſteſſe des meſures que prit LOUIS LE GRAND pour l'accompliſſement de ſes projets.

Fidéle à de ſi grands exemples, LOUIS XV. ajoûte encore aux vûës de ſon Auguſte Biſaïeul ; non content d'accroiſtre ſa Bibliothéque , il ſonge aujourd'huy à la décorer , & à la rendre d'un uſage plus général, & plus facile.

B

Mrs. Sevin
& Fourmont.

Tandis que par ſes ordres des hommes choiſis paſſent d'une partie du monde à l'autre, pour recueillir ſoigneuſement ce qui aura échappé aux premiéres recherches, il veut que tous les Arts concourent à l'envi à faire de ſa Bibliothéque un Palais, dont toutes les parties annoncent le gouſt du Prince, & la majeſté de ſon Empire.

Les Lettres ſont donc aſſurées de retrouver en luy tout l'amour dont les a honorées LOUIS LE GRAND, & pour Vous, MESSIEURS, quel bonheur d'avoir à célébrer la meſme droiture, le meſme zéle pour la Religion, la meſme bonté pour ſes Peuples! Nous gouſtons déja le fruit de ces vertus, nourries & fortifiées par l'eſtude des préceptes du Maiſtre des Rois, & par celle des maximes qui ont conduit les Princes les plus religieux. Le précieux recueil des ſages inſtructions qu'il a reçuës, dépoſé dans ſa Bibliothéque, perpetuera le ſouvenir d'un Illuſtre Prélat, dont la main habile a cultivé un ſi beau naturel.

Si c'eſt une maxime reçuë, que les Peuples ne ſont heureux que ſous le regne des Princes ſages, ou lorſque des Sages gouvernent ſous l'authorité des Princes, quelle eſt, MESSIEURS, noſtre félicité! Un Roy ſage gouverne, & un Sage gouverne ſous l'authorité du Roy ; car il n'appartient qu'au vray Sage, d'eftre plus touché du feul mérite de faire le bien, que de tout l'honneur qui en peut revenir, de préferer les devoirs pénibles du Miniftére aux tîtres pompeux qui le décorent, enfin de ne laiffer d'autres monuments de fon élevation, que ceux qui tournent uniquement à la gloire du Prince, & au bonheur de fes Sujets.

Une façon de penfer fi relevée, & en mefme temps fi folide, doit eftre comptée entre les avantages que donnent aux Nations la politeffe, l'amour des Lettres, & la connoiffance des Autheurs qui les ont le plus heureufement cultivées.

C'eft dans leurs Ecrits raffemblez avec beaucoup de choix, que M. de la Loubére avoit puifé le difcernement exquis, qui vous l'avoit fait adopter. Il fit fes premiers amufements de la Poëfie Françoife, & fes productions conferveront toujours ce que la douceur des moeurs & la délicateffe du fentiment peuvent y répandre de graces vives & légeres. Les qualitez du cœur, qui donnoient un nouveau prix à fes talents, luy acquirent bientoft une grande réputation, & luy procurérent l'honneur de porter les ordres du Roy jufqu'aux extrémitez de la Terre.

La Relation qu'il publia de son Voyage de Siam, est un si juste modéle pour les ouvrages de ce genre, que bien qu'elle n'ait paru qu'après plusieurs autres, la singularité & l'exactitude des détails luy laissent tout le mérite de la nouveauté. Recherches sçavantes sur l'Histoire du pays, examen judicieux des mœurs de la Nation, réfléxions sur la politique, description de l'estat des Arts, remarques mesme sur la langue, tout s'y rencontre, & s'y arrange avec tant de clarté & de précision, qu'après l'avoir lûë, on ne se croit pas plus estranger dans les lieux qu'il décrit, que dans ceux que nous habitons.

Monsieur de la Loubére rendu à sa Patrie, & déterminé à reporter dans le lieu mesme de sa naissance ces thrésors de lumiére, qu'il avoit acquis dans vos exercices, travailla avec ardeur au restablissement des Jeux Floraux ; il ne falloit pas moins qu'un de vos rayons, pour les ranimer, pour leur donner plus d'éclat, & leur assurer une plus longue durée.

Tout ce qui me reste à souhaiter, Messieurs, c'est que succédant à la place de M. de la Loubére, je puisse succéder de mesme à quelques-uns des tîtres qui vous le rendoient si estimable, & si cher. Mais que ne dois-je pas espérer de cette communication de connoiſſances où vous m'admettez ? J'en ay déja , j'oſe le dire , ſenti toute l'utilité depuis que j'ay le bonheur de travailler ſous les yeux d'un de vos plus Illuſtres Confréres , qui ſemble né pour la gloire des Sciences , & qui par ſon zéle & par ſes lumiéres concourt avec tant de ſuccès à l'augmentation & à l'embelliſſement de la Bibliothéque du Roy. Vos ſages diſcuſſions vont rectifier déſormais mes penſées. Guidé par vos exemples , & inſtruit par vos regles à n'aimer que le vray & le ſolide , peut-eſtre deviendray-je capable de quelque production digne de vous ; c'eſt par là, que je compte principalement vous laiſſer des marques immortelles de mon reſpect, & de ma reconnoiſſance.

*Après que M. l'Abbé Sallier eut prononcé son Discours, M. MIRABAUD Chancelier de l'Académie Françoise, répondit :*

# MONSIEUR,

La grande réputation que vous avez dans les Lettres, est ce qui a détérminé l'Académie en votre faveur : c'est à la voix publique qu'elle a conformé la sienne, son choix sera généralement applaudi. Une parfaite intelligence des Langues sçavantes ; une érudition profonde & étenduë ; une vaste littérature qui embrasse également le sacré & le prophane, font des avantages dont une partie suffiroit pour justifier notre choix : persuadez que vous les possedez tous, pouvions-nous, MONSIEUR, vous refuser nos suffrages ?

Vos sçavans écrits décorent depuis long-tems les Mémoires dont l'Académie des belles Lettres enrichit le Public. De curieuses & utiles recherches, soûtenuës d'une critique exacte, accompagnées de réfléxions solides, & ornées du style le plus convenable au sérieux des matieres que vous traitez : c'eſt, MONSIEUR, ce que vos Ouvrages offrent partout à l'eſprit ; ils l'inſtruiſent, ils l'éclairent, & on peut dire qu'en même tems ils ſatisfont le cœur. Soit par exemple, que ſur des faits inconteſtables, vous établiſſiez la certitude des monumens hiſtoriques de l'ancienne Rome, on ſe plaît à vous voir combattre le Pyrrhoniſme, ce dangereux ennemi des Lettres, ſi propre à étouffer en nous l'amour de l'étude. Soit que pénétrant l'artifice, ou la malignité de quelques Hiſtoriens Grecs, vous faſſiez ſentir la baſſe jalouſie, qui a porté les uns à avilir la grandeur Romaine dans de frivoles paralleles, & les autres à noircir par d'odieuſes calomnies les plus graves perſonnages que Rome ait produits : vos lecteurs indignez contre l'artifice, vous ſçavent gré de leur avoir développé une intention maligne, qu'ils n'avoient aperçûë que confuſément dans les Ouvrages de ces Hiſtoriens jaloux.

Des connoiſſances auſſi étenduës que les vôtres, demandoient une place qui vous mît à portée d'en faire uſage d'une maniere plus utile pour le Public, & en même tems plus glorieuſe pour vous. Un homme toûjours occupé de ce qui peut procurer l'avantage des Lettres, toûjours attentif à réparer leurs pertes : un homme à qui les Mufes ont particulierement confié le foin de leur gloire, a crû qu'il pouvoit fe repofer fur vous d'une partie de fes travaux : Juge éclairé du mérite & des talens, il vous a propofé, MONSIEUR, pour remplir cette Place, qui vous convenoit fi parfaitement. Votre grande érudition vous en rendoit digne, vous l'avez obtenuë; & cette Place à laquelle peu de gens de Lettres oferoient prétendre, cette Place qui par la difficulté de fes fonctions, ne donne même que peu de prife à la témérité, eft celle que vous rempliffez depuis quelques années avec tant de diftinction.

C'eft-là qu'expofé au grand jour, votre profond fçavoir a paru dans tout fon éclat. Ce prodigieux amas de volumes qu'a raffemblé la magnificence de nos Rois : cet Ocean de Littérature qui vous environne, n'effraye point votre vûë par fon immenfité. Vous connoiffez les détours de ce Dédale dont la garde vous eft confiée, & les tréfors qu'il renferme dans fon fein, vous font également connus. Tous ceux qu'attire dans ce vafte édifice, ou l'envie de s'inftruire, où la curiofité, y trouvent en vous un guide fidele, éclairé, officieux, prévenant, qui leur en indique

que les routes, & leur en applanit les diffi-
cultez. Par les secours qu'ils tirent de vos
lumieres, sur tous les genres de Litterature,
bientôt ils sont convaincus que vous devez
connoître les productions littéraires de tous
les Pays, & que vous entendez les Langues
différentes de tous les Peuples.

Dans la place que vous occupez, Monsieur,
les conversations sçavantes qu'il faut être en
état de soûtenir ; les questions, souvent diffi-
ciles, auxquelles on est obligé de répondre ;
les relations qu'il faut necessairement entre-
tenir avec tout ce qu'il y a de plus habile entre
les gens de Lettres : ces devoirs indispensa-
bles de votre place, deviendroient autant de
sujets de dégoût, pour un homme dont les lumieres seroient, je ne dis pas bornées , mais
moins étenduës que les vôtres. Quelque douceur que la nature lui eût mise dans l'esprit,
il seroit difficile qu'étant exposé sans cesse à
tant d'occasions qui découvriroient son insuf-
fisance, dans des moments si humiliants pour
lui, son humeur n'en fût quelquefois alterée.
Le public, Monsieur, se louë de vos ma-
niéres, toûjours prévenantes à son égard , toûjours remplies d'une politesse & d'une com-
plaisance qui ne se démentent point. Ces qualitez aimables ont leur source, il est vrai, dans

C

le fond de votre caractere ; mais vous me permettrez d'en faire honneur quelquefois à l'étenduë de vos connoiſſances.

La Poëſie, l'Eloquence, la beauté & les graces du diſcours, les talens en un mot, paſſent dans l'eſprit de quelques-uns, pour être les ſeuls titres qui doivent donner entrée à l'Académie Françoiſe. C'eſt une erreur que dément aſſés la pratique conſtante de cette Compagnie depuis ſon établiſſement.

Ceux que l'ignorance de nos uſages & de notre maniere de penſer a prévenus de cette fauſſe opinion, s'imaginent que toute érudition nous eſt inutile : il leur plaît de nous renfermer dans d'étroites limites : tout ce qui ne concerne point la langue, ils le regardent comme étranger pour nous, ils l'excluent de notre reſſort.

Il eſt vrai cependant qu'on étend notre juriſdiction ſur l'élegance & la beauté du ſtile : on nous abandonne les agrémens du langage, la juſteſſe & le choix des expreſſions. Nous pouvons revêtir nos penſées de ces tours ingénieux, qui ſçavent également en augmenter la fineſſe, ou en faire diſparoître la ſimplicité. Et s'il en étoit parmi nous, qui ſe tenant même dans les bornes qu'on nous preſcrit, ſçûſſent néanmoins uſer dans toute leur étenduë des droits qu'on nous laiffe ; qui par des tours heureux, des expreſſions choiſies, ſçuſſent donner à leurs écrits, ſur des ouvrages plus ſolides, cet avantage ſi reconnu que les graces ont ſur la beauté : s'il s'en trouvoit de tels parmi nous, ils ne devroient pas ſe plaindre de leur partage.

L'Hiſtoire de l'Académie Françoiſe vous eſt trop bien connue, MONSIEUR, pour que je m'arrête à combattre une opinion dont vous ſentez tout le faux. Qui pourroit être mieux inſtruit que vous, du grand nombre d'ouvrages pleins d'érudition, qu'a produit la plume de nos Prédeceſſeurs ? Tous ceux qui compoſent aujourd'hui l'Académie, tâchent de marcher ſur les traces de leurs Ancêtres : il n'y en a aucun qui ne connoiſſe le prix, qui ne ſente la néceſſité d'une ſçavante Littérature. Je dirois plus, ſi l'éloge d'une Compagnie, au nom de laquelle j'ay l'honneur de parler, pouvoit avoir quelque grace dans ma bouche : je ne fais point icy l'éloge de mes Confréres, mais je dois les juſtifier.

Oüi, MONSIEUR, l'érudition, je la mets à la tête, les talens, l'eſprit, le goût, une exacte & fine connoiſſance de la langue ; tous ces titres peuvent également donner entrée à l'Académie, tous ces titres y ſont

admis , & l'ont toûjours été. La nature &
l'art, le génie & l'étude, la science & les talens y doivent concourir enfemble à une même fin , & fe prêter un fecours mutuel.
Quel avantage ne reviendroit-il point aux
Lettres de cette union, fi elle étoit parfaite?
Que ne réfulteroit-il point de cet affemblage,
fi l'idée que nous nous en formons pouvoit
être pleinement remplie ? Semblable à ces Lé-
gions qui portérent fi loin la gloire de Rome,
quoyque les foldats en fuffent différemment
armez ; l'Académie doit être compofée de
fujets animez d'un même efprit, confpirants
tous à un même deffein : la différence de
leurs armes, n'en doit point mettre dans leur
courage, ni dans leurs efforts : un noble zéle
pour la gloire des Mufes eft l'efprit qui doit
les animer , & leur patrie eft l'empire des
Lettres.

Quoique notre maniere de combattre ne
foit pas la même à tous , il s'en eft trouvé
parmi nous, qui ont fçû fe fervir avec adreffe
de plufieurs fortes d'armes ; & de ce nombre étoit , MONSIEUR , celui dont vous
prenez aujourd'hui la place. L'heureufe faci-
lité qu'avoit M. de la Loubere le rendoit également propre à divers genres de Littérature.
Il étoit Poëte , Hiftorien , Mathématicien ,

homme de Lettres, homme d'esprit. On a vû des vers, quelquefois mediocres, paſſer à l'abri d'un grand nom : ceux de M. de la Loubere n'ont pas beſoin d'un pareil ſecours; il y en a pluſieurs de luy, que tout le monde connoît, que tout le monde eſtime, quoique la plûpart des gens ignorent qu'il en eſt l'Auteur.

Si ſes Poëſies font voir quelle étoit la délicateſſe de ſon eſprit, dans des Ouvrages plus ſérieux, il n'a pas moins fait connoître la ſolidité de ſon jugement. Comme peu de voyageurs ſe font embarqués avec un auſſi grand fond de connoiſſances que lui ; il y a peu de relations qu'on puiſſe mettre à côté de celle qu'il nous a donnée du Royaume de Siam. Géographie, Phyſique, Religion, Gouvernement, Uſages, tout y eſt traité d'une maniere qui ſatisfait le lecteur le plus curieux & le plus difficile. Mais ce que très-peu d'autres euſſent été en état de faire, ce ſont les calculs Aſtronomiques dont ce ſçavant Académicien a enrichi ſon Ouvrage : la grande intelligence qu'il y fait paroître de l'Aſtronomie, lui attira les éloges de feu M. Caſſini: c'étoit en recevoir de la bouche même d'Uranie.

Son mérite luy avoit acquis l'eſtime d'un grand Homme, chargé alors du miniſtére des

Finances, & que nous avons vû depuis digne dépofitaire du Sceptre de Thémis, lui remettre l'autorité dont elle l'avoit revêtue, pour fe livrer fans réferve aux devoirs les plus étroits de la pieté. Il y a des circonftances qui rendent la protection également glorieufe à celui qui la demande, & à celui qui l'accorde. Rien ne fait plus d'honneur à la memoire de notre illuftre Confrére, que l'ufage qu'il fit du crédit de fon Bienfaicteur. Les Jeux Floraux, quoiqu'établis depuis long-tems à Touloufe, n'avoient point encore cette forme réguliére, qui les a rendus depuis fi célébres. Ce fut par les foins de M. de la Loubere qu'ils furent érigez en Académie : c'eft à fon amour pour les Lettres ; c'eft à fon zéle pour la gloire d'une Ville qui lui avoit donné la naiffance, que ces Jeux font redevables du luftre qu'ils ont aujourd'hui.

Le défir d'être témoin lui-même des avantages qu'il venoit de procurer aux Lettres, l'attira dans fa Patrie : il y alla recueillir le fruit de fes travaux. Nous l'avons peu revû depuis : dans les derniéres années de fa vie, l'éloignement qui le féparoit de nous, étoit pour fon grand âge un obftacle prefque infurmontable. Regretté dans les lieux qu'il avoit quittez : chéri & honoré dans ceux qui le poffedoient,

après une longue carriére, il y eſt mort com-
blé de cette gloire précieuſe que les Muſes ſeu-
les ſçavent diſpenſer.

La place que vous prenez parmi nous,
Monsieur, celle que vous occupez à la
Bibliothéque du Roy, & l'applaudiſſement
général que vous attire la maniere dont vous
la rempliſſez, ſont des raiſons qui doivent nous
raſſurer contre la crainte de vous perdre. Vous
n'irez point chercher ailleurs une gloire, que
vous avez déja trouvée dans ces lieux : elle y
fixera votre ſéjour, & nous vous poſſederons
ſans inquiétude. Aſſidu à nos Aſſemblées,
vous goûterez avec nous cette heureuſe tran-
quillité dont jouiſſent aujourd'hui les Muſes
Françoiſes : leur bonheur ne peut plus s'ac-
croître, tous leurs vœux ſe bornent à en
demander la durée. Partageant le zéle qu'a
cette Compagnie pour l'Auguſte Perſonne
de ſon Protecteur, vous nous aiderez à célébrer un Regne nouveau pour la France : un
Gouvernement que la Paix & la Juſtice étroi-
tement unies, conſpirent à rendre aimable :
un Regne paiſible, que non-ſeulement les
François n'ont point encore vû, mais même
dont vos connoiſſances, quelque étendues
qu'elles ſoient, vous fourniroient peu d'exemples chez les autres Peuples. Puiſſiez - vous,

Monsieur, le célébrer long-tems : puiſſiez-vous atteindre dans ce doux exer-cice, les années de votre Prédeceſſeur.

www.ingramcontent.com/pod-product-compliance
Ingram Content Group UK Ltd.
Pitfield, Milton Keynes, MK11 3LW, UK
UKHW020911140726
13695UKWH00006B/2446